ALFRED BUSQUET

REPRÉSAILLES

Le Blocus. — Après la guerre
Portraits à la Sanguine
Nationalités. — Guerre de Crimée

FAC ET SPERA

PARIS

ALPHONSE LEMERRE, EDITEUR

47, PASSAGE CHOISEUL, 47

1872

REPRÉSAILLES

DU MÊME AUTEUR :

LE POEME DES HEURES, 1re partie, *Heures diurnes*.
LA NUIT DE NOËL (*Christmas Carol*).

Pour paraître prochainement :

LE POEME DES HEURES, 2me partie, *Heures nocturnes.*

POÉSIES DOMESTIQUES.

ALFRED BUSQUET

REPRÉSAILLES

Le Blocus. — Après la guerre
Portraits à la Sanguine
Nationalités. — Guerre de Crimée

PARIS

ALPHONSE LEMERRE, ÉDITEUR

47, PASSAGE CHOISEUL, 47

1872

PRÉFACE

Voici des vers de haine et de colère. Ils ont été faits sous les bombes, pendant le siége.

Lorsqu'à un an d'intervalle, et pour fêter leur Empereur de fraîche date, les Prussiens trouvent plaisant de donner aux Strasbourgeois la répétition pour rire du terrible bombardement qui les a décimés, je trouve bon, moi, de leur offrir l'expression vraie des sentiments que leur ont voués à toujours les générations françaises.

Ce livre aurait paru depuis longtemps si les abominations de la Commune, les turpitudes de

PREFACE.

la presse démagogique et les vilenies de la
réaction monarchique ou césarienne n'avaient
retardé l'explosion de notre colère.

Aujourd'hui notre haine reparaît en dépit de
la prudence et des conseils timorés de la politique.

Il n'est jamais trop tard pour déshonorer son
ennemi.

A. B.

Avril 1872.

LE BLOCUS

I

LE BLOCUS.

Les Prussiens bloquent Paris
Et sa campagne nourricière;
Bêtes et gens, nous voilà pris
Dans cette énorme souricière.

Nul ne peut franchir le rempart
S'il n'est poisson, s'il n'a des ailes,
S'il ne peut monter les nacelles
De l'aéronaute Godard.

O désespoir! perdre l'automne,
Ses clairs matins et ses couchants,
Et rêver, quand le canon tonne,
Que l'on serait si bien aux champs!

Qu'il ferait bon dans la clairière
Où passe le lapin furtif,
Où la chevrette aventurière
Vous suit d'un regard attentif!

Se sentir mordu par l'envie
De respirer le serpolet
Et de marcher sur le galet
De l'Océan où tout est vie!

Que ne suis-je petit oiseau,
Comme l'on dit dans la romance,
Et même un simple souriceau,
Je fuirais la ville en démence,

Et j'irais tout droit devant moi
Etablir mes Lares plus sages
Sans nul remords et sans émoi
Au pays des anthropophages!

Mon cœur, pourquoi soupires-tu?
Pourquoi trembler pris de vertige?

Reste ici! le devoir l'exige,
C'est l'honneur et c'est la vertu!

Pour prendre part à la défense,
N'es-tu pas rentré tout exprès?
Hésiter seul est une offense :
Je te suppose libre... après?

Pourrais-tu fuir ta conscience,
Le secret ennui de ton cœur
Et l'invincible méfiance
De surprendre un souris moqueur?

Qui donc est libre, si son âme
Est la captive du remords,
S'il n'ose regarder la femme
Et se retourner vers les morts,

Prier le dieu de l'innocence,
De ses larmes goûter le miel,
Et quand son cœur plie en silence
Regarder au matin le ciel?

Le songeur ouvrant sa fenêtre
Entrevoit à l'horizon clair
Dans l'aube en pleurs qui vient de naître
Le martinet tyran de l'air.

Précurseurs des bruits de la ville,
Les noirs martinets loin du sol
Volent si haut d'une aile agile
Que l'œil n'en peut suivre le vol.

Ils se poursuivent dans l'espace
Avec des cris assourdissants :
Leur troupe fuit, passe, repasse
En mille parcours ravissants.

Sur les toits aigus aux tons bistres,
Dans les fanges du vieux Paris,
Voltigent, tourbillons sinistres,
Des bandes de chauves-souris.

Elles s'en vont cherchant leur proie
Avec des cris tout effarés,
Effleurant d'une aile de soie
La grille des balcons dorés.

Leur silhouette se profile,
Présage trouble et sans espoir,
Dans la transparence mobile
D'un couchant rose ou d'un ciel noir.

Ainsi, joignant le crépuscule
A l'aube du jour qui renaît,
La chauve-souris noctambule
Succède au cruel martinet.

Brigands du jour ou des ténèbres,
Martinets et chauves-souris,
Poursuivez vos œuvres funèbres,
Vous ne salissez pas Paris.

Le Prussien lâche et rapace
Nous étreint d'un cercle de feu,
Ce sont vos frères : c'est la race
Des bandits venus de tout lieu,

Qui dans nos champs et nos villages,
Avec des appétits charnels,

Sème la mort et les outrages,
Avide de gains criminels;

Maudite de Dieu qu'elle offense,
De rapines emplit sa main,
Dresse une embûche à la vaillance
Et se gorge de sang humain!

19 septembre 1870. (Première journée du siége.)

LA TOMBE SANS NOM.

« O vieillard, englouti dans la terre et sous l'herbe
Comme un bon laboureur qui façonne sa gerbe
Et dont l'outil pesant si léger dans la main
Fait faire à ton labeur un si rude chemin,
Que creuses-tu?
       — La couche où, las de sa journée,
Un homme avec la mort joindra son hyménée
Et de ses maux présents tantôt viendra guérir.
— Cet homme est donc vivant?
         — Oui, mais il va mourir.
— Qui te l'a dit? réponds? Qui creusa cet abîme
Sous les pas de cet homme infortuné... Le crime?
— Le devoir.
     — Je comprends : il avait déserté...

— Non.

  — Qu'a-t-il fait?

     — Cet homme aima la liberté.

— Quoi, la liberté tue!

    — Il aimait sa patrie;

Sous le joug étranger la France était flétrie,

Elle implorait son bras... Il a donné ses jours,

Franc-tireur. C'est pourquoi la loi suivra son cours.

— Quelle loi?

   — Mais la loi du plus fort :

      — O Détresse!

Et tu n'éclates pas, ô foudre vengeresse?

Et toi, sombre vieillard, tu prêterais la main

A ce forfait hideux dont rougira demain...

— Sans doute; il faut gagner son pain noir sans vergogne

Quelque autre à mon refus ferait cette besogne,

J'ai trois enfants.

    — Hélas! c'est la même chanson

Et le même air. Chacun répète à l'unisson

Cette formule impie, abominable, infâme,

Et de quelque prétexte ignoble se réclame;

Mais si le juste a peur, que fera le pervers?

Si nous nous trahissons, qui plaindra nos revers,

Et, faisant à chacun sa part d'ignominie

Quand cette affreuse guerre un jour sera finie,

Dira : Chacun de vous a trahi son drapeau :

Toi, c'est le fossoyeur, et lui c'est le bourreau ;
Vous fûtes assassins, mais qui fut le plus lâche ?
En quel temps vivons-nous ? Eh quoi, rien ne te fâche,
Ciel vengeur ? La nature est calme, le ciel bleu,
La foudre est au repos :
                              « Laissez faire » a dit Dieu.

Septembre 1870.

L'IDOLE.

Comment donc finira cette horrible aventure?
Que dire et que penser en cette conjecture?
Devrons-nous répeter ton cri, plaintif écho :
Finis Poloniæ, sombre Kosciuszko !
Hélas! aurons-nous donc cette douleur unique
Nous, les républicains, de voir la république
Perdre en six mois ce que six siècles ont conquis
Par le fer des barons et par l'or des marquis.
Si la leçon du moins nous était salutaire !
On veut nous ramener au siècle de Lothaire,
De Louis Germanique, et, fleuve riverain,
La Saône deviendrait tributaire du Rhin !
Quoi! nous serions ainsi réduits à la besace,
Quoi! perdre la Lorraine et perdre aussi l'Alsace

Et se sentir ainsi descendre au second rang
Après avoir été le grand empire franc!
Hélas!
        Mais si c'est là pourtant la destinee,
Souffrons-la dignement, elle est momentanée;
Et comme un bon soldat conserve son drapeau,
Gardons pour l'avenir contre ce vil troupeau
De Germains ameutés contre nos seules nippes,
Trésor du genre humain, nos immortels principes :
Seuls ils nous sauveront, seuls ils vaincront pour nous
Et briseront la dent vorace de ces loups.
Aujourd'hui c'est un peu la révolte du nègre,
Un peuple riche et gras que mange un peuple maigre.
De la France les rois ont sonné l'hallali,
Tous nos droits sont foulés aux pieds, mis en oubli;
Mais les trônes s'en vont, et, bientôt décidée,
L'Europe subira l'irrésistible Idée.

Le Temple, sur un roc debout, dressait son front.
Jamais du feu dn ciel il n'a subi l'affront;
Il élevait, terrible, au milieu des huées
Ses colonnes d'airain que lèchent les nuées
Et que l'enfer jaloux soutient par la terreur.
Mais déjà circulait un bruit avant-coureur
De noirs complots et de révolte... Magnanime,
Un saint a résolu d'affronter cette cime

2

Et de marcher tout seul jusqu'au dieu des païens !
Dût-il périr, dût-il, abandonné des siens,
Racheter par son sang, victime expiatoire,
Les crimes de son peuple et sa démence noire.
Il partit... ses amis déplorant son trépas,
L'escortaient de leurs vœux, mais ne le suivaient pas.

Les prêtres l'attendaient rangés sous les portiques,
Frémissants, inquiets, tristes mais ironiques,
Et méditant déjà quelque affreux châtiment.

Le saint montait plongé dans son recueillement,
Comme si du Sauveur ils eût cherché la trace,
Appuyé sur un bras invisible : la Grâce !

Quand il fut au sommet du mont, il releva
Les yeux et, les fixant sur le temple, observa
Avec ce long regard, avec ces traits de flamme
Qui font passer le Christ et la foi dans une âme.
Ses yeux, comme la foudre, ont couronné d'éclairs
Le temple, soupirail et porte des enfers !
Un long ébranlement répond à sa pensée ;
Des prêtres du faux dieu, la cohorte insensée
S'enfuit. Le peuple tombe à genoux et priant...
Et le saint regardait d'un visage riant.
Il regardait tomber les colonnes altières

Sous le souffle puissant de ses humbles prières
Comme l'épi s'envole au souffle des autans.

Et comme aux flancs d'Etna par des canaux flottants
Coule la lave, ainsi l'airain se précipite,
Léchant les vêtements et les pieds du lévite.

Mais lui, toujours debout et dans sa volonté
Immuable, il tenait son regard affronté
Jusqu'a ce que le temple eût croulé pierre à pierre
Et que l'intelligence eût vaincu la matière.

Octobre 1871.

L'OBUS.

L'Obus avait percé le toit
Et fait un grand trou dans la chambre ;
Par les carreaux brisés, le froid
Pénétrait. C'était en novembre.

Deux jeunes soldats foudroyés
Y veillaient leur veille dernière,
Les yeux à tout jamais noyés
Dans l'ombre d'une mort guerrière.

Les membres rompus et sanglants,
Ils dormaient d'un sommeil farouche,
Immobiles, glacés et blancs
Avec du sang noir plein la bouche.

Pour aller jusqu'au lendemain,
Jour de victoire ou de défaite,
Tous deux avaient un livre en main.
Mais hélas ! la lecture est faite.

Ils lisaient, nous assura-t-on,
A la dernière des minutes,
Le *Banquet* du divin Platon,
Et Caïus : les *Institutes*.

L'un d'eux étudiait les lois
Et l'autre la philosophie,
Et tous deux sont morts pour les rois
Que l'ignorance déifie !

2 décembre 1870. (Soixante-treizième jour du siége.)

LE TISSERAND D'HEIDELBERG.

Je suivis le poéte au sommet de la tour.

Le château d'Heidelberg étincelait au jour,
Comme une fleur de pourpre, avec son granit rose
Et ses dieux mutilés, sublime apothéose!
Mais plus le ciel jetait de clartés au levant,
Plus l'ombre intérieure était noire et le vent
Lugubre aux profondeurs de la tour écroulée.
Dans le vallon joyeux, lentement déroulée,
La course du Neckar laissait errer les yeux
De la splendeur de l'art à la splendeur des cieux.

Le grand poëte et moi nous étions seuls; la foule
Des badauds attirés, comme l'eau qui s'écoule,

Affluait à l'entour de la tonne, un appeau
Que tout Badois honore à l'égal du drapeau,
C'est juste : elle est plus grande encor que leur bêtise
Et plus vide que leur cerveau qu'on fanatise.
Profond enseignement! le fou de l'électeur
Y poursuit son métier de fol et de flatteur ;
A tout manant qui paie il fait une grimace,
Et le rire hébété circule dans la masse.
Ce fou me plaît assez, mais les fous d'aujourd'hui
Sont moins gais et parfois nous causent plus d'ennui.

Le poëte est rêveur, et sur la plate-forme
Se tient debout. Son front que la pâleur transforme
Est penché plein d'éclairs et de rayons perdus.
On dirait qu'un démon dans ses sens éperdus
Se joue et lui dictant ses strophes les meilleures
Évoque en son esprit les voix intérieures.
Il se courbe, il écoute, et relevant soudain
La tête, il vient à moi, me prenant par la main :
« Écoutez, me dit-il, écoutez ce prodige !
— Quel est ce bruit confus comme un rouet, lui dis-je?
— C'est le fileur maudit qui, depuis deux cents ans,
Tisse un linceul dans l'ombre aux souvenirs sanglants.
Ah! je te connais bien, vieux tisserand des tombes !
De Lorges t'a semé du lin avec ses bombes
Et Turenne en brûlant le vieux Palatinat

A poussé ta navette à notre assassinat.
Finiras-tu bientôt ta toile séculaire,
Que la discorde attend et dont la mort veut faire
Un drapeau noir, effroi des vivants, que suivront
Les corbeaux et les loups qui leur succéderont?
O vieux fileur, Banquo des races germaniques,
Tant que tu fileras tes toiles, les paniques
Hanteront la chaumière et le palais des rois.
Nul lendemain : chacun aura peur pour ses droits.
A quoi bon cultiver, pour qu'un autre récolte?
A quoi bon, lorsqu'on a dans l'âme la révolte,
Secourir l'étranger et faire un peu de bien?
Le cœur se tait. L'enfant se fait comédien,
Le délateur fleurit sur l'une et l'autre rive,
L'espion au front bas se fait notre convive,
Il prépare à loisir l'immonde trahison
Et les corbeaux au juif ont montré l'horizon.

Jusqu'à ce jour inscrit aux dates en souffrance,
Epouses, renoncez à la longue espérance.
Mères, vous n'aurez pas de fils vraiment à vous,
Jeunes filles, cessez d'espérer un époux ;
Toi, vieillard, dont l'aïeul a causé ces alarmes,
Tes yeux ne trouveront jamais assez de larmes
Pour pleurer sur tes fils moissonnés dans leur fleur
Pour le plus grand renom d'un César bateleur.

Et toi, Rhin magnanime, ô père, auguste fleuve,
Qui de tous nos combats subis la dure épreuve
Et qui voudrais presser sur ton cœur, dès demain,
Ton fils, le blond Gaulois et ton fils le Germain,
Dois-tu voir à jamais saigner ta robe verte
Par le fer du vainqueur incessamment ouverte,
Le dur clairon jeter sa voix à la Lurley,
Le cavalier monter en selle sans délai
Et par tous les chemins, par toutes les vallées,
Les noirs entassements des troupes signalées?
O terreur! La Souris au Chat ne fait plus tort
Et tous ces compagnons se hâtent vers la mort.

Est-ce le but final? est-ce la destinée?
O Rhin! et l'Allemagne à ta veille obstinée,
Te confisque pour elle et te met en prison;
Dans ses mains tu deviens la *clef de la maison,*
Toi, le chemin qui marche et tranquille convoie,
Tant de peuples divers au bonheur, à la joie
Qui venais du grand mont sauvage et du glacier
Et dont Bismarck a fait pour toujours un huissier.

Hélas! voilà l'envers de nos tristes revanches,
Voilà le fruit amer que nous offrent leurs branches;
Les forfaits des Césars ont beau se répéter,
Rien ne peut nous guérir et rien nous arrêter,

Et pourtant tu le sais, éternelle Justice,
Le triomphe est un nom, la victoire est factice
Tant que le sentiment du droit inassouvi
Fait crier le remords dont il est poursuivi.
L'heure arrive toujours des justes représailles,
Et le fileur maudit hantera ces murailles
Jusqu'au jour où le Rhin portera sur son dos
La montagne et qu'en Prusse on n'aura plus de sots. »

Heidelberg, août 1864.

ULM.

Ulm ! sur tes fiers remparts je me suis accoude,
Triste, le front perdu dans un rêve de gloire ;
Par le canon français, le glacis dessoudé
Me parlait longuement des faits de notre histoire.

Le Danube à mes pieds coulait à petits flots,
Impassible témoin de tant de morts guerrières.
Dans mon cœur engourdi j'entendais les sanglots
Des blessés et les cris des troupes prisonnières.

Un chaud soleil d'automne illuminait les cieux,
Les soldats allemands dormaient dans les casernes ;
Les tambours, les clairons étaient silencieux
Et les buveurs de bière emplissaient les tavernes.

Deux officiers ont dit : c'est encor le Français
Qu'on voit depuis deux jours errant dans notre ville,
Son pays aujourd'hui n'aurait pas de succès,
C'est un peuple arrogant, vaniteux, inutile.

Je ne répondis rien. Dormant sur les glacis,
J'avais sous mes regards des troupes d'hirondelles
Garnissant de leurs corps les créneaux obscurcis,
Frileuses, côte à côte et le cou sous leurs ailes.

Lors emplissant ma main de tout petits graviers,
Je fis pleuvoir soudain mes frêles projectiles
— Tel en hiver le fruit tombe des oliviers —
Sans pouvoir éveiller ces peuplades tranquilles.

Et je leur dis : O vous, qui venez du Levant
Et qui retournerez bientôt, troupes fidèles,
Avez-vous rencontré sur le sable mouvant
Les pieds d'un Prussien... Répondez, hirondelles !

Avez-vous entendu parler dans le désert,
De Frédéric-Guillaume ou bien du sultan juste?
Acre a-t-il retenu ton nom, Philippe-Auguste?
Monge etait allemand, sans doute et fort disert.

La Prusse fut toujours le pays des chimeres,
Des rêves étoilés et des communs succès;
On ne rend pas justice à ses plaintes amères
Et vous le savez-bien, misérables Français!

Vous êtes-vous assez enrichis dans le monde,
En avez-vous pillé des villes, pris des tours,
Avec tous leurs trésors, Ophyr et Trébizonde!
Vous êtes des forbans, vous êtes des vautours!

Mais la Prusse jadis, sans souci des cruzades
Par ses navigateurs enrichit l'univers,
Conquit le saint-sépulcre et fit les trois croisades,
Et sût se faire aimer — même dans ses revers.

Suez a vu creuser son canal par la Prusse;
L'épargne du pays disparut follement.
La Judenstrass prêta son or au peuple russe
Presque sans intérêts et très-étourdiment.

Car c'est là sa folie insigne et méritoire
De travailler pour elle et pour le genre humain,
De préferer a tout, même au lucre, la gloire,
De protéger le faible en lui tendant la main.

3

Dites-le bien pour nous, hirondelles, aux brises,
Au vent qui passe, aux flots de l'Océan moqueur,
Vous, qui n'êtes jamais injustes ni surprises
Et qui ne portez pas de haines au vainqueur !

Dites-le tour à tour au sable, à l'ibis rose,
Aux cavales d'Hedjaz que féconde le vent,
Et que la Prusse enfin ait son apothéose
Au pays d'Al-Raschild et du soleil levant !

Août 1864.

SAINT-CLOUD.

Si nous vivions encor notre vie ordinaire
　　　　Au temps de Napoléon trois,
Quand pour nous consoler du joug autoritaire
　　　　Et de la défaite des lois,
De la vertu proscrite et de l'audace infâme
　　　　Des courtisans et des valets,
De tout ce qui souillait et meurtrissait notre âme,
　　　　Pardons reçus, larges soufflets,
Sportule offerte au peuple et butin aux armées,
　　　　Jeux de bourse et jeux de tripots,
Marchés vendus, achats de gloires affermées
　　　　A tant la ligne, à tant les mots ;
Quand pour tout oublier, même notre infamie,
　　　　Même notre prospérité,

Notre luxe malsain et la France endormie,
       Spectre aujourd'hui ressuscité,
Nous ouvrions notre âme aux leçons de l'histoire,
       Au culte des arts d'autrefois,
Des arts consolateurs des nations sans gloire,
       Sous les Néron et les Valois;
Notre cœur saignerait d'une énorme blessure,
       Notre sanglot irait partout,
Criant vengeance au ciel, au monde, à la nature,
       De l'effondrement de Saint-Cloud,
De cette nuit dernière, effroyable, maudite,
       Où nous avons dû, de nos mains,
Ecraser le palais, repaire ignoble et gîte
       De tous ces stupides Germains!

Mais les temps sont changés! de notre délivrance
       Sois l'aube et l'éclatant réveil,
Incendie allumé par le bras de la France,
       Premier rayon d'un jour vermeil!
Par toi vont commencer nos libres destinées,
       Par toi naît un monde nouveau;
Tel éclate au milieu des lugubres nuées,
       Le clair soleil du renouveau.

Que rappelait Saint-Cloud? quels souvenirs de gloire
       Hantaient ses fastueux abris,

Rien qui ne fût opprobre au front de notre histoire,
      Qui ne fût digne de mépris!
J'entends la grande voix criant : Madame est morte;
      Madame se meurt! un forfait
Est le premier témoin que ton seuil nous apporte
      Par la bouche de Bossuet.
Bonaparte, c'est toi! parjure, c'est brumaire!
      C'est ton crime, ta trahison,
C'est la France aux abois, c'est la douleur amère
      De la première invasion.
C'est Blücher et ses chiens et c'est, dernière insulte,
      Affront pour le dernier feuillet,
Écroulement subit d'un trône qui culbute,
      Les ordonnances de Juillet!

La voilà donc enfin à jamais déchirée
      La page des méfaits anciens!...
Soit! nous oublîrons tout... mais toi, flamme éthérée,
      O flamme vengeresse, viens!
Viens! car nous t'attendions pour ces royales fêtes;
      Feu de Gomorrhe, nous savions
Que tu ne pouvais pas manquer à ces tempêtes,
      A ces horribles visions;
Que l'heure arriverait où tes noires morsures
      Ne feraient que cendre et charbons
De tous nos souvenirs nés des races peu sûres

Des rois Valois, des rois Bourbons.

Donc sois le bienvenu, feu vengeur, sois notre hôte,
    Balaie aux quatre vents du ciel
Tout ce qui fut pour nous la honte et fut la faute,
    Le poison pestilentiel;
Fais tomber en monceaux les hautes colonnades
    Où nous attachions tant de prix;
Les plafonds où trônaient les dieux et les naïades,
    Dans les voussures des lambris :
Fais ton œuvre nocturne! Et toi, sois sans vergogne,
    Fléau du ciel, fléau de Dieu,
Guillaume, ne crains pas d'achever ta besogne,
    Bourreau! ne nous dis pas adieu.
Il nous reste encor trop de royales demeures,
    D'impériaux et noirs palais,
Où des crimes sans fin naissaient avec les heures
    Pour l'opprobre du nom français;
Il n'est plus de palais pour qui n'a plus de maîtres;
    Les palais sont sourds et sans voix,
Les palais ne sont pas au peuple, mais aux traîtres!
    Les hommes libres ont les bois!

15 octobre 1870. (Vingt-huitième jour du siège.)

LE SOUPER ROYAL.

Aujourd'hui, le roi Guillaume a réuni à sa table les officiers de *la Brigade de fer*. Il y a eu grand gala. On apercevait à travers les corridors les officiers de bouche et les valets portant les plats et les flacons à la table royale.

(*Tous les Journaux.*)

« Mangez, a dit un jour le Christ — car c'est ma chair,
Buvez, car c'est mon sang »... Hélas! c'était hier.
Le Christ des Berlinois, Guillaume, un bien brave homme,
Un piétiste ardent que l'on révère à Rome,
Presque un prophète, un saint dont le ciel nous dota
Pour nous punir, fléau que Dieu nous suscita,
Un Jacob, un Moïse, un Gédéon à casque
Qu'Hans Holbein oublia dans sa ronde fantasque,
Un préféré du meurtre, un élu de la mort,
Plus sombre qu'Iago, plus sinistre que fort,

Le doux Hohenzollern, à sa table royale,
Ayant donc convié la cohorte fatale
Des généraux barbus, moustachus et pointus;
Loups des halliers germains et des Burgs abattus,
Fils des bandits du Rhin, du Hartz, des gentilshommes
Très-nobles, très-courtois, très-valeureux, des hommes
Et leur tint ce discours : « Nous sommes, mes enfants,
Des héros à trois poils, des vainqueurs triomphants,
C'est pourquoi je vous dis : Mangez, faites ripailles,
Mangez, car c'est le pain des Français, ces canailles!
Buvez, car c'est le vin des coteaux bourguignons
Et des crus champenois, pays que nous guignons :
C'est le sang et la chair de la France; il faut rire,
Il faut vous amuser un peu, je suis bon sire,
Je n'ai pas le souci du bien de mon prochain,
Et que m'importe à moi, si les autres ont faim!
Buvez frais, mangez gros, vous ferez œuvre pie;
Gaspillez, prodiguez, pillez... La France expie!
C'est un pays athée et vous êtes chez vous...
Vous êtes les vainqueurs et les Français sont fous
De crier sur les toits que ce royal Versailles
Et les deux Trianon ne vont point à nos tailles,
Que notre ombre fait tache au soleil du grand roi
Et que notre Sedan ne vaut pas Fontenoy!
Vive Dieu! c'est pour nous, pour nos royales fêtes
Que toutes ces splendeurs jadis ont été faites;

C'est pour nous que Lenôtre et Lebrun et Mansard
Ont prodigué partout les trésors de leur art,
Que Bouchardon, Coustou, Coysevox et Pigalle
Ont fait cette cité splendide et sans égale,
Et qu'enfin les Keller, deux sujets allemands,
Ont fondu maint chef-d'œuvre en des bronzes charmants.
Vrai, sans me flatter trop, je crois pouvoir le dire :
Ce roi Louis quatorze était un pauvre sire ;
Turenne avec Vauban, Villars et Catinat
Auprès de vous, messieurs, brillent d'un mince éclat.
Que la comparaison semblerait ridicule,
Si dédaignant Condé, Fritz n'égalait Hercule
Et si Frédéric-Charle, en ce triste milieu,
N'écrasait du talon Maurice et Richelieu !
Les gloires de la France aujourd'hui sont malades ;
Ah ! qu'auprès de Potsdam ces palais me sont fades !
Et n'était le Champagne, un vin sucré, mais bon,
Combien j'aimerais mieux la bière et le jambon.
Hélas ! pour nos péchés, Dieu nous retient à table,
Résignez-vous, messieurs !... ce vin est détestable,
Nous avons offensé le Dieu fort et jaloux,
Pillez, volez, brûlez : le ciel combat pour nous.
Sur ce, je vais au lit : le médecin l'exige ;
Ainsi que le feu roi, mon frère, Dieu m'afflige
D'intempérance : hélas ! je me fais un devoir
De sabler les vins fins de France chaque soir,

Et j'en ai des remords dont mon âme est fâchée.
Vous penserez à moi, messieurs, à la tranchée,
Et lorsque je serai bien clos entre mes draps,
Vous vous direz : Le roi paraissait un peu las.
Retirez-vous en paix, je ne retiens personne...
Je crains d'avoir trop bu vraiment . . . .
. . . . *Le canon tonne!* »

24 octobre 1870. (Trente-quatrième jour du siége.)

LA REINE AUGUSTA.

Oh! ne me dites-pas qu'elle est épouse et mere,
Qu'elle est femme et ressent une douleur amère
A voir, depuis six mois, couler le sang humain,
Comme l'eau du torrent emplissant le chemin;
Qu'elle porte en son âme une désespérance
Énorme et prend souci des blessés de la France;
Qu'elle est chrétienne et douce au pauvre, au malheureux
Qu'elle est savante et fait des efforts douloureux!
Eh! que m'importe à moi, sa vertu de chretienne,
Sa prière est maudite et maudite est sa peine.
N'est-elle point mêlée à tous les attentats
De Guillaume, à ses vols, à ses assassinats?
N'a-t-elle point sa part à toutes ses rapines?
Vous tardez bien longtemps, représailles divines!

Regardez a ses mains cette tache de sang
Que ne pourraient laver les flots de l'Océan;
C'est le sang de vos fils, ô mères! Vous, épouses,
C'est le sang adoré dont vous étiez jalouses!
Promises, le promis n'aura pas de réveil!
Oh! le bonheur est mort et mort est le sommeil.
Lady Macbeth est reine : elle est impératrice,
Son epoux est César et son fils est Patrice.
Ces haillons byzantins, cet oripeau bâtard,
Ces titres vermoulus vont bien à ce soudard...
Par la grâce de Dieu te voilà souveraine,
Noble femme; en ton nom, on tuait en Lorraine,
On tuait en Alsace et tu t'applaudissais
Qu'il coulât tant de sang aux veines des Français.
Chaque goutte en rubis orne ton diadème,
Chaque perle est un pleur de nos yeux : Anathème!
Ta couronne usurpée est faite de notre or,
Ton aumône est un vol fait à notre trésor,
Ta pourpre est un linceul. Hélas! elle fut teinte
Dans les ruisseaux rougis de Châteaudun la sainte.
Qu'il sera beau le jour de ton couronnement,
Femme, entre ton époux et ton fils; seulement
Si tu pouvais entendre au fond de nos chaumières
Les sanglots de l'aïeule aveugle et les prières
De l'orphelin qui tait ses sanglots étouffants,
De la veuve apprenant la vengeance aux enfants

Du mort, et contraignant ces bouches innocentes
A murmurer au ciel des phrases menaçantes!
Toi, pendant les loisirs que le canon t'a faits,
Sur nos pauvres soldats tu répands tes bienfaits;
Tu verses à leurs yeux des pleurs de crocodile,
Tandis que tu reçois d'un époux imbécile
— Télégramme imité — ces mots ébouriffants :
Madame, il fait grand froid, j'ai tué dix enfants.

Novembre 1870.

PARIS BOMBARDÉ.

Cette nuit, l'ouragan de feu s'est abattu
Sur nos maisons; il fait grand froid... on s'est battu
   Depuis la nuit jusqu'à l'aurore,
Tandis que je gardais, funèbre et résigne,
Celle dont le grand cœur vient de fuir indigné
   Vers ce ciel muet que j'abhorre.

Avec des sifflements aigus, un bruit de fer,
L'obus stupide éclate : il grince à travers l'air
   Comme un grand vol d'oiseaux nocturnes :
Il se fait un silence effrayant dans la nuit
Plus noire; épouvantable un autre obus poursuit
   Les rares passants taciturnes.

Le canon des remparts ne répond pas au feu,
Il lui faut le grand air, le ciel plus ou moins bleu;
  La nuit est faite pour le lâche!
Comme un chien fatigué de sa garde de jour,
Morne sur son affût, il repose à son tour :
  Tantôt il reprendra sa tâche!

Paris qui le connaît respecte son sommeil,
Et pourtant, anxieux, il attend son réveil;
  C'est par son souffle qu'il respire,
Son âme est son haleine, et, quand il est moins prompt
Paris découragé sent que son cœur se rompt,
  Que tout son être se déchire!

Tous deux ils ont juré le pacte avec la mort,
Tous deux veulent s'unir dans le dernier effort
  Qui doit les rendre à la lumière;
Venger du même coup l'honneur, la liberté
Et l'Europe oublieuse et le droit déserté
  Ou sonner leur heure dernière!

. . . .

Continue, ô Germain! bombarde sans pitié,
Va! nous te méprisons... Écrase sous ton pié
  Tout ce qu'on respecte... ô misère!

Je dévoue a ton Krupp infâme nos abris,
Nos murs, nos hôpitaux, tout ce qui fut Paris
    Et jusqu'au cercueil de ma mère !

Mais pourtant qu'attends-tu de ton crime, bandit?
La femme te méprise et l'homme te maudit;
    Paris échappe à ton outrage.
Paris c'est la forêt que de méchants enfants
Bombardent de cailloux et de cris triomphants;
    La forêt sourit de leur rage.

Le chêne qui secoue humide ses rameaux
Dédaigne les clameurs et les coups des marmots,
    Malgré sa feuille qui succombe...
Est-ce que l'Éternel s'occupe du fini?
Mais la fauvette a peur et s'enfuit de son nid
    Dont la pierre a fait une tombe !

10 janvier 1871.

L'ENTRÉE A PARIS.

Vous osez comparer votre gloire à la nôtre,
Germains ! vous confondez : quelle erreur est la vôtre !
Lorsque Napoléon, déjà sur son déclin,
Triomphant fit entrer ses aigles à Berlin,
C'était grâce au canon, grâce à la grande armée,
Malgré les rois, malgré la Russie alarmée,
Malgré les dieux, les dieux indulgents aux vainqueurs,
Malgré Pitt et Cobourg, de Staël, tous les moqueurs.
Auërstædt, Iéna, ces nobles sœurs jumelles,
Suivaient le dur vainqueur, le couvrant de leurs ailes,
Les drapeaux déchirés frissonnaient dans le vent.
Les bataillons poudreux sous le soleil levant
S'avançaient aux accents de la marche guerrière :
La victoire en chantant nous ouvrait la carrière.

4.

Pensif et méditant son crime coutumier,
Napoléon le Grand s'avançait le premier;
Le peuple l'acclamait; c'était un jour de fête...
De hontes et de pleurs, hélas ! la gloire est faite.
La honte etait pour nous, les pleurs étaient pour eux,
Nous étions les puissants, les vainqueurs, les heureux.

Comparez, maintenant, Germains. Notre ruine
Est complète, et pourtant c'est grâce a la famine,
Grâce à la trahison que vous êtes chez nous;
Vous vous êtes glissés peureux comme des loups,
Vous faisant bien petits, dans la haute fortune...
Vous avez aboyé cinq mois après la lune,
N'obtenant rien pour prix de vos piteux efforts:
La faim, avec Trochu, vous a livré nos forts !
Soudain quittant vos trous, vos halliers, vos tanières,
Vous venez arborer sous nos yeux des bannières,
Et vous vous contentez de regarder Paris
De très-loin, sans entrer, et bien vous en a pris...
Plus tard et par degrés s'accroît votre exigence;
Vous salissez la paix, ô méprisable engeance...
Entrez donc, il le faut, au milieu des sifflets,
Conspués des gamins, en butte aux camouflets,
Mais craignez de passer sous l'arche triomphale,
A défaut de vivants, votre cohorte sale
Verrait les guerriers morts debout sur le pavois

Insulter les vainqueurs du geste et de la voix.
Ils vous diraient : Où sont vos chefs, où sont vos princes
Ils sont restés là-bas à piller nos provinces...
Qu'importe! Entrez toujours, bandits, et parlez bas ;
Nous dormons le sommeil qu'on ne réveille pas.

. . . .

Ne tremblez pas ainsi, vainqueurs, soyez sans crainte,
Vous ne trouverez pas la mort dans cette enceinte.
Puisqu'il est convenu que vous verrez Paris,
Regardez à votre aise, il en vaut bien le prix :
Mais ne dépassez pas surtout votre limite ;
La gueule des canons vous garde et vous invite
A rester cois, parqués ainsi que des moutons,
Loin des faubourgs et loin des mobiles bretons,
Loin des marins normands, gens assez malhonnêtes,
Pour qui, malgré la paix, les lois ne sont pas faites...

. . . .

Sur les trottoirs fameux des Champs-Élyséens,
L'Empereur — le Petit — suivi de Prussiens,
Cavalcadait jadis et revenait des fêtes
De Longchamps, de Saint-Cloud, parfois de ses conquêtes.
Les hontes de l'Empire ont foulé ces faubourgs,
Vous ne les souillez pas, soldats, allez toujours ;
Ceci n'est pas Paris — consultez vos narines,

Soldats, vous n'en voyez ici que les latrines,
Le lupanar hideux, l'infâme cabaret
Du monde entier, enfin le dernier lazaret.

1er mars 1871.

APRÈS LA GUERRE.

APRÈS LA GUERRE.

I.

Il est donc vrai : Paris ne veut plus d'Allemands ;
Retournez, a-t-il dit, en vos pays charmants
    Où fleurit encor la roulette,
Où vous attend la schlague avec vos tyranneaux :
Les glaces au navet, les hachis aux pruneaux
    Doivent suffire à l'âme honnête.

Vous vous amusez tant chez vous ! Paris corrompt. .
Ici la chair est faible et l'esprit est si prompt ;
    Là-bas, vous ferez l'exercice
En cinq temps... Vous aurez de nouveaux chassepots,
Meilleurs que les français, vous n'aurez nul repos,
    Le canon n'a rien de factice.

Dès neuf heures au lit, jusques au lendemain
Neuf heures ! on va voir passer sur le chemin
          Le berlingot de la comtesse
Qui se rend a l'église avec un postillon
Tout jaune, et l'on entend le joyeux carillon
          Annonçant vêpres ou la messe.

Le jour est ennuyeux, mais on a les brouillards
De la nuit sur le Rhin, les lieders nazillards
          Que vous chantent les maritornes.
On fait beaucoup d'enfants... cela distrait un peu,
D'ailleurs c'est un devoir, il en faut pour le feu
          Des mitrailleuses aux voix mornes.

Mais quoi ! vous gemissez ! cela ne suffit pas,
La maison de Satan a pour vous des appas,
          Vous soupirez après Gomorrhe !
Vous voulez retourner à vos amusements,
O fils dégénérés des anciens Allemands,
          Vous regrettez le Minotaure !

Et vous vous cramponnez, penauds, après Paris,
Ce Paris bombardé par vous, qui vous a pris
          Votre innocence et votre rêve,

Eh bien ! si vous voulez, j'intercède pour vous,
Et, si vous consentez a vous montrer très-doux,
    Peut-être obtiendrai-je une trêve.

II.

Restez ! nous tâcherons de vaincre nos dégoûts ;
Vous partis, qui voudrait nettoyer nos égouts,
    Qui viderait nos inodores,
Qui comme vous saurait balayer les ruisseaux,
Faire tous les métiers abjects et spéciaux
    Dont le germanisme s'honore ?

Qui comme vous crîrait : *Vieux habits, vieux galons !*
Qui donc vous porterait, bizarres pantalons ?
    Qui promènerait les guitares
Dont les Almaviva de l'École de droit
Raclent les soirs d'été dans leur logis étroit
    Pour des Rosines peu barbares ?

Qui ferait le commerce interlope de l'or
Et vous dirait, naïf et souriant encor :
    « Faites vous-même votre compte » ?

Glisserait des thalers aux piles des ecus,
Et vous dépouillerait tout vifs et convaincus
    Sans retenue et sans escompte?

Les juifs nous resteraient, mais vous êtes chrétiens!
Votre Bismarck l'a dit : Je tiens ce que je tiens,
    Maxime étonnante et profonde!
Ah! si Schylock vivait, il serait Allemand,
Il aurait nom Momsen ou Richte... Seulement
    Nul n'est parfait en ce bas monde!

III.

Demeurez avec nous, aimables usuriers,
Vous marchands de chevaux candides, vous bottiers
    Au teint fleuri comme la pêche;
Et vous, littérateurs, qui saviez, doux Jésus!
Déterrer le scandale et fournir les Crésus
    De tableaux et de viande fraîche!

Que vos musiciens nous feraient donc défaut!
Ils avaient tant de goût, qu'ils nous servaient tout chaud
    Mozart sur un plat de choucroute,

Et qu'ils déshonoraient le vieux pont-neuf gaulois.
Ils auraient orchestré même l'*Esprit des lois*
      Et Rabelais sans aucun doute.

Braves gens apres tout qui reniaient Mozart,
Disaient de Beethowen qu'il n'était pas sans art
      Pour un artiste de village.
Ils adoraient Wagner et se signaient devant
Un pianiste maigre ayant cheveux au vent,
      Du linge sale et du corsage.

Mars 1871.

RÉUNION D'ACTIONNAIRES.

L'empereur Guillaume, aux mains
duquel le Parlement allemand avait
confié les millions qui devaient être
distribués en riches dotations aux
hommes d'État et aux généraux qui
ont le plus contribué aux succès de la
dernière guerre, a signé, il y a quel-
ques jours, les décrets qui désignent
les élus. Ces décrets portent la date
du 2 mars, anniversaire du jour où
fut signée la ratification des prélimi-
naires de Versailles.

(*Tous les journaux allemands.*)

La campagne étant terminée,
Les écritures en état,
Guillaume, à la fin de l'année,
A convoqué son syndicat.

Selon les formes ordinaires,
L'Empereur, élu président,
Rend compte à ses actionnaires
De l'exercice précédent :

« Messieurs, dit-il, je me retrouve,
Avec quel bonheur !... parmi vous ;
Mais passons sur ce que j'éprouve,
Nous nous connaissons, vertuchoux !

Malgré des critiques acerbes,
Fonds de réserve mis à part,
Les dividendes sont superbes
Et seront comptés sans retard.

Cinq bons milliards sans escompte
Ni retenue, au denier vingt,
Qu'on touche en quatre ans ! quelle ponte !
Quel coup du sort ! Et cela vint !

Périlleuse était l'aventure ;
Ce Bismarck est un tel vaurien !
Le Russe était ma couverture...
Et qui ne risque rien, n'a rien...

Nous en sommes pour notre avance,
Deux cent mille hommes sur le flanc,
Capital mort sans nulle chance,
Mais quoi ! c'est la prime du sang.

Et qu'importent ces imbeciles
Et leurs amis, gens vertueux,
Qui vont pleurant dans leurs idylles...
Pouvons-nous nous occuper d'eux?

Passons à d'autres exercices,
Un plus réel amusement.
O mes chers amis, chers complices,
C'est le moment, c'est le moment!

Approchez, de Moltke, Roon,
Manteuffel, Werder, et toi, Charle,
Trois cent mille écus environ
Sont votre lot... Von Gœben, parle.

Tu voudrais en toucher autant?
C'est assez juste... Toi, Kameke,
Toi, Delbruck, toujours mecontent!
Vous, brûleurs de bibliothèque,

Von Tümpling, Zastrow, de Manstein,
De Voigts-Rhetz, Kirchbach et de Bose,
Prenez votre part du butin;
De Thann même aura quelque chose.

Tous mes généraux prussiens
Ont des droits a ma préférence ;
Dieu sait reconnaître les siens,
Je suis Dieu dans cette occurrence.

Quant aux autres : *Nescio vos.*
Toi, Wittelsbach, monarque et chantre,
Prends ce million, c'est un os,
Dont tu peux te brosser le ventre.

Je te donne assez, par ma foi,
Pour tes études idiotes ;
Nous n'avons plus besoin de toi,
Chétif roitelet, croque-notes !

Votez-moi des remercîments,
Mais vous savez ce que j'en pense.
Messieurs, je lève la séance
Et j'accepte vos compliments. »

De Moltke, assis dans la pénombre
Où pérore son souverain,
Suppute à son tour et dénombre,
Mordant ses ongles et son frein !

« Nous sommes, par ce roi des mimes,
Dépouillés comme dans un bois,
Dit-il. Il crie à haute voix :
Sire, parlez-nous des centimes ? »

Mais, le regardant de travers,
Guillaume abandonne l'estrade
Au milieu des rires pervers...
Ce fut la fin de la parade.

Mars 1872.

AUX SAVANTS D'ALLEMAGNE.

Poëtes et savants d'un pays que j'abhorre,
Si je pouvais verser plus de poisons encore
      Sur votre gloire et votre orgueil,
Si mon vers indigne pouvait à vos visages
Cracher plus de mépris encor et plus d'outrages,
      Vous clouer sur votre fauteuil;

Appeler sur vos fronts la foudre qui sommeille,
Être la main qui frappe et la voix qui réveille
      Par l'épée et par le canon;
Susciter contre vous la vengeance divine,
Ameuter l'univers, hâter votre ruine,
      Effacer jusqu'a votre nom,

Je n'hésiterais pas! sans crainte et sans vergogne,
Je ferais la sinistre et terrible besogne;
Vous fûtes sans remords, je serais sans pitié,
Je vous condamnerais, sans jamais faire un somme,
A lire du Bancroft... ou les *Odeurs de Rome*,
      Je vous écraserais du pié.

Non pas tant pour vos vols et vos sales rapines,
Vos plagiats sans nom, vos hideuses doctrines
      Et la force primant le droit.
Pour la France épuisée, aveugle comme Homère
Qui vous aimait, ingrats, et qui fut votre mère
      Dans tout le sens du mot étroit.

Que pour votre effroyable et sauvage anathème
A la pure raison de ce pays que j'aime,
      Pays de Gœthe et de Schiller,
De vous tous, défenseurs de la libre pensée;
Toi, Fichte, toi, Hegel, toi, Kant, voix offensée,
      Schelling, Henri Heine, Muller!

Quoi! ce sont là vos fils, glorieux philosophes,
Poëtes immortels, ils attestent vos strophes
      Dans leurs sacriléges hardis!

O rêveurs, altérés de verités humaines,
Qui de l'humanité vouliez briser les chaînes,
    Que pensez-vous de ces maudits?

Ils sont les vrais bourreaux de la philosophie ;
Christ est vendu par eux, Reymond le crucifie,
    Kolb, Momsen sont les deux larrons ;
Et ce n'est pas Volhard, c'est voleur qu'il faut lire ;
Gervinus en mourant seul a su vous maudire,
    Tristes savants, nobles barons !

Je veux être avec vous moins âpre et moins colere,
On vous meprise en France, il faut qu'on vous tolère:
    Vous lire est le vrai châtiment !
Mais vous traduire, ô ciel ! ce serait la vengeance !
Dites, vous n'aurez pas cette sombre exigence,
    Ma rage aurait trop d'aliment.

Ah ! vous avez la force et vous êtes nos maîtres.
Sur un peuple abruti vous semez des feux traîtres,
    Savantes imbécillités !
Pour être les vainqueurs, en êtes vous plus libres,
Vous croyez-vous meilleurs? sentez-vous dans vos fibres
Couler plus de vertus et plus de qualités?

Où vous faites le vide, on vous dit : C'est la gloire !
C'est nous qui la donnons, quand il nous plaît : l'histoire
      Ne connaîtra pas votre nom.
Arrêt irrévocable : On ne peut s'y soustraire,
      Vous ne pourrez pas vous surfaire,
      En or pur changer votre plomb.

Chacun sa destinée ! a vous la Providence,
O Germains, a donné l'astuce et la prudence,
Avec la soif de l'or et la brutalité.
La France est souveraine et porte la couronne ;
Elle vous jugera, savants ! Seule elle donne
      La gloire et l'immortalité !

    Mai 1871.

L'ALLEMAGNE SE PLAINT!

Quoi! vous parlez de représailles,
Vous les bourreaux, vous les bandits!
Vous qui couvrez de funérailles
La France qui vous a maudits;
Vous avez été, pour nos fautes,
Nos amis choyés et nos hôtes,
Vous avez mangé notre pain
Et vous osez lever la tête,
Nous dire que la paix est faite,
Que nous devons tendre la main!

O rage! Il nous faudrait encore
Essuyer ce dernier affront!

De revoir ceux que l'on abhorre,
De sentir leur mépris au front;
Vrai Dieu! j'en ris lorsque j'y songe.
Nous ne ferons pas ce mensonge
Ou l'honneur français a vécu;
Prenez tout! N'ayez nul scrupule,
Prenez la dernière pendule,
Avec notre dernier écu!

Mais épargnez-nous votre estime,
Épargnez-nous votre pardon.
Si chez vous le degoût fait prime,
Escomptez encor ce guerdon.
Vous aurez beau dire et beau faire,
La gloire est pour vous une affaire!
Dans cet infâme imbroglio,
Vous vous fâchez pour qu'on murmure
Et vous faites payer l'usure
A la peur, — autant qu'à Clio!

Ah! je vous connais bien, mes braves,
Vous n'êtes pas si chatouilleux
Et ne prenez des airs si graves
Que pour nous dévaliser mieux.
Tartufe s'est fait capitaine,
Il n'a plus sa robe de laine,

Il travaille sur les chemins,
Et ce n'est pas tant pour la rime
Que brigandage est synonyme
De courage et d'honneur germains!

15 mars 1871.

PORTRAITS

A LA SANGUINE

6.

DE MOLTKE.

Celui-là, ce n'est pas un homme — c'est l'algèbre,
Un théorème en os, avec un air funèbre,
      Une équation des tombeaux !
Une larve échappée au noir Cocyte, un stryge,
Un avale tout cru de Français : il érige
      Ses exigences en monceaux.

Il est le pourvoyeur de la mort, il suppute
Ce qu'il peut lui fournir bon an, mal an ; la lutte
      Pour lui n'a pas de passion.
Sur un grand échiquier où le fol est son maître
Et dont il est le roi sans vouloir le paraître,
      Il avance dame et pion.

Il y va largement avec la vie humaine,
Il fait du bois, conduit son cavalier en plaine
        Et fait avancer ses deux tours
Pour enserrer d'un coup l'ennemi qui le raille,
Le tourner sur ses flancs et finir la bataille
        Par le plus banal de ses tours.

Il n'est pas de ces gens que hante le scrupule,
Il veut la fin; qu'un autre hésite, ait peur, recule,
        La victoire est sans décorum.
Donc, on peut employer la bombe et le pétrole,
Être infâme n'est rien; vaincre, cela console.
        Quod fuerat demonstrandum.

FRÉDÉRIC-CHARLES.

Ivrogne incontestable : est-ce un grand capitaine?
Je l'ignore : après tout, la chose est incertaine.
Moltke dit oui, Bismarck et Krupp disent non.
Dieu combat aujourd'hui pour le plus gros canon,
Et puisse en murmurer l'équité souveraine,
Il aime le plus fort, comme au temps de Turenne.
Donc, ne contestons pas. C'est un grand général.
Trois contre un, le succès est moins conjectural;
On est César du Nord, Napoléon des brumes,
Et l'on trouve à Berlin, des juges? non, des plumes.
C'est ainsi. Mettons-nous du côté du plus fort,
La gloire est à l'encan, le vaincu seul a tort.
Ah! l'histoire est facile à celui qui la paye,
Bismarck l'a sous ses pieds avec notre monnaie,

Il formule ses lois, lui dicte ses arrêts
Et fait les glorieux... à de gros intérêts.

Donc célébrez partout la gloire colossale
Du vainqueur, écrivains du Nord, troupe vassale.
S'il est quelque maraud, sans pain et sans souliers,
Mais à qui les remords ne sont pas familiers,
Qu'il soit de l'Italie ou bien de l'Allemagne,
Du Nord ou du Midi, qu'il arrive du bagne,
Qu'il soit vieux catholique ou juif ou protestant,
Qu'il soit grec ou romain, cophte ou mahométan,
Qu'il ait assassiné son père avec sa mère,
Qu'il ait fort mérité la justice sommaire,
Pourvu qu'au nom français il jette son mépris,
Qu'il s'offre, Von Bismarck lui propose un gros prix!
S'il a quelque talent, tant mieux, la valetaille,
En somme, a plus grand air lorsqu'elle a de la taille.
C'est ainsi que l'Europe apprend à nos dépens
Que nous sommes un peuple usé de sacripants!
Qu'il n'est plus de vertus sur les bords de la Seine,
Que Berlin est Paris, disparu de la scène
Et que Napoléon n'est plus rien, comparé
A Fritz ou Frédéric, son oncle vénéré.
Mais passons...

      Aussi bien, quand la grande blessée
Un jour retrouvera sa place délaissée,

·Nous pourrons mesurer ces colosses d'airain,
Nous nous rencontrerons sur les rives du Rhin !
Face à face, l'éclair aux yeux, aux mains l'épée,
Dans une gigantesque et terrible épopée !

Tu ris, Germain épais, tu ris, sombre Alaric,
Cuve ton vin, grossier vainqueur, ô Frédéric !
Va, quand l'Europe aura moins peur (bois et digère)
Nous te ferons payer ta gloire mensongère
Et tes débordements dont le triste tableau
Depuis bientôt un mois souille Fontainebleau !
C'est là, dans le palais choisi par toi, vandale,
Que tu fais ton orgie et mène ton scandale,
Sans peur de rencontrer, parfois en ton chemin,
François premier tenant Léonard par la main,
Louis quatorze avec sa fastueuse escorte,
Qui te montre à ses gens et te jette à la porte ;
Lui qui pour ton aïeul était si peu flatteur,
Qu'il ne put le nommer que *Monsieur l'Électeur.*
Ce sont neiges d'Antan : Autres jours, autres maîtres,
Soyez heureux, bandits ! amusez-vous bien, reîtres !

Toi, Frédéric, couché dans le lit le plus beau,
Tu souilles les tapis et creuses ton tombeau.
Il te faut les lambris, les molles ottomanes,
Où Maintenon tramait ses intrigues profanes,

La table où fut signé l'édit fatal, le lit
Où trône ton orgueil et que ton pié salit.
Un jour discret et pur, aux teintes adoucies,
Qui filtre, tamisé dans l'or des jalousies
Éclaire ton sommeil de brute; allons, soudard,
Il faut te réveiller; regarde, il se fait tard
Et déjà sur l'étang, la gondole légère
Attend patiemment le maître qui digère
Pour le conduire à l'île où le tzar autrefois
S'enivrait. Il te faut égaler ses exploits,
Si tu veux qu'à ton tour on lise dans l'histoire :
« Comme Pierre il sut vaincre et comme lui sut boire

Avril 1871.

DUC DE MECKLEMBOURG.

Notre oncle!

        Il eut un jour cette fortune unique,
Triste effet du hasard et de la politique,
Lui, sujet couronné, vassal et souverain,
Principicule obscur d'un pays d'outre-Rhin,
D'être accepté par nous et d'unir sa lignée
Au lis royal, au fils de la France indignée!
Après trente ans et plus, j'entends, comme autrefois,
Se soulever encor le sentiment bourgeois;
Car nous étions alors, vilains que l'on décrasse,
Comme des hidalgos de pure et noble race :
« Quel est ce prétendu, disait-on au faubourg
« Antoine? Où prenez-vous ce duc de Mecklembourg?
« N'est-ce pas le duché qui nous fournit les rosses
« Hautes sur pieds, qu'on voit parader dans les noces?»
Hélène vint; ce fut un ange de bonté;

Son dévoûment obscur fut par nous respecté,
Son époux nous fut cher, et, lorsqu'un sort funeste
De notre espoir en fleurs vint effeuiller le reste,
Pour Paris qui l'aimait la triste veuve opta,
Et le pays entier pour enfant l'accepta.
Dix ans, la France en pleurs lui ceignit la couronne
Que consacre l'amour et que la pitié donne;
Et son fils, bien qu'il ait trop de sang allemand,
A pour étoile au front son souvenir charmant.

Mais l'oncle! parlons-en : il est de la famille;
La torche au poing, l'injure à la bouche, il nous pille,
Il est le plus cruel de tous les ennemis
Que sur la France en deuil l'Allemagne ait vomis.
Qu'il nous a bien payés de sa chère alliance!
Son neveu doit en faire un jour l'expérience :
« Mon oncle Glocester a des bontés pour moi. »
O duc, le connais-tu, cet assassin?... C'est toi!
Grâces à toi, notre oncle, à ton amitié rare,
Un fossé plein de sang à présent nous sépare;
Et les fils d'Orléans, unis à Mecklembourg,
Pour nous sont de Schwerin, Strelitz ou Brandebourg.
La France n'en veut plus!
                         Consciences surfaites,
On les voit surnager a toutes nos défaites,
Nous offrir... leur argent sans doute?... non, leurs cœurs

Seul entre tous, Robert déplait à nos vainqueurs!
Combien ont-ils donné pour notre délivrance?
Leur argent, après tout, c'est l'argent de la France.
Mais ils ont conspiré, non sans humilité,
Et je te reconnais, Philippe-Égalité!
Ce qu'il veulent de nous, c'est notre bien, ces princes!
Leur oncle a dépouillé nos plus belles provinces
Et Châteaudun a vu le vainqueur forcené
Mettre la flamme au toit d'un hôte infortuné;
Tant pis pour les vaincus! les Français sont des ânes.
Ce reître couronné pareil à Schinderhannes
Est notre oncle, après tout... Il était dans son droit
Et d'Orléans me trouve injuste à son endroit.
En décembre... Allez-vous encor me chercher noise?
Il emporte un fauteuil au *Grand-Cerf*, à Pontoise!
Le peuple a respecté l'hôtel de Païva;
Mais nous volons un pauvre aubergiste; ainsi va
La loi du monde, ainsi s'établissent les races.
Est-ce que Chantilly seulement a des traces
De cette horrible guerre et de l'invasion?...
Juste, pour éviter toute suspicion,
Et d'Aumale aujourd'hui peut y mener ses fêtes.
Venez-y, Mecklembourg... de sa suite vous êtes!

Juin 1871.

NATIONALITÉS

RENCONTRE SUR LES CHEMINS.

Où donc vas-tu, belle étrangère
Aux yeux d'azur, aux blonds cheveux?
— Où fuis-tu, jeune messagère
Dont la voix m'invite aux aveux?
— Je m'exile de la patrie
Où maudits naissent les enfants.
— Moi, je quitte la terre flétrie
Par des étrangers triomphants.

— Que viens-tu chercher sur ces rives,
Belle étrangère aux cheveux blonds?
— A ces peuples aux voix plaintives?
Que viens-tu demander, réponds?

— Je poursuis la liberté, mère
Des talents vrais et convaincus.
— La liberté ! rêve éphémère !
Moi, la mort, espoir des vaincus !

— Ah ! jamais de ta vie entière,
Tu ne reverras les forêts
Où ta jeunesse aventurière
A trouvé des abris secrets !
— Tu peux dire adieu, jeune fille,
Aux lacs, aux frileux horizons,
A ton village, à ta famille,
Aux rondes sur les verts gazons.

— Il nous faut reprendre la route ;
Aux passants tendre encore la main,
Chercher ce bonheur dont je doute,
La liberté, ce rêve vain.
— Mais... si le bonheur sur la terre...
Si la liberte dans l'exil,
Ont repris leur vol solitaire ;
O ciel ! que nous restera-t-il ?

Hélas ! adieu, belle étrangère
Aux yeux d'azur, aux blonds cheveux.

— Adieu, la jeune messagère,
Dont la voix m'invite aux aveux!
— Dis-moi, pour que mon cœur l'entende,
Ton nom pour la dernière fois?
— Je suis la malheureuse Irlande,
— J'étais la Pologne autrefois.

Mars 1871.

LA BARQUE DE SAINT PIERRE.

... En ces temps de concile et de
carnage.

VICTOR HUGO.

I.

Ah ! quand la barque de saint Pierre,
Au beau pays galiléen,
Portait timide et déjà fière,
Jésus, le doux Nazaréen,
Quand le lac de Tibériade
Léchait ses flancs mal équarris
Où préparaient une iliade
Des gens qui n'avaient rien appris.

Désemparée et vagabonde
A-t-elle pu croire qu'un jour
Elle irait dominer le monde
Et disparaîtrait à son tour!
Le chêne qui pleure et s'etonne,
En ses ais a-t-il entendu
La voix qui parlait à Dodone,
Le Thabor a-t-il répondu?

Humble elle était à l'origine,
Humbles étaient ses possesseurs.
Sa destinée était divine,
L'Arche, Argo furent ses sœurs.
Moins avide de lucre infâme
Que de gagner au ciel une âme,
Elle allait côtoyant les bords;
Elle visitait les bourgades,
Pénétrait dans toutes les rades
Et ralliait dans tous les ports.

Mais bientôt elle ouvre sa voile,
S'avance vers la haute mer;
Hautaine, se couvre de toile,
Rit du ciel et rit de l'enfer!
Elle poursuit ses avantages,
Trafique sur tous les rivages;

Fait parler la poudre au canon,
Impose sa loi par le glaive,
Traite la conscience de rêve,
A la liberté, répond : Non !

Elle a deux poids et deux mesures,
Pour les peuples et pour les rois ;
Elle bénit les impostures,
Condamne le plus saint des droits ;
Saint Pierre est mauvais patriote,
Sa barque est une galiote
Qu'il faut enfin amariner.
Le clair soleil a vaincu l'ombre ;
L'Église est un vaisseau qui sombre
Et qui ne veut pas amener !

I I.

Je ne confondrai pas pourtant avec leurs princes,
Nos pauvres desservants, ces curés des provinces
Demeurés avec leur troupeau,

Qui s'en allaient chercher les morts sous la mitraille,
Qui pansaient les blessés sur les champs de bataille
  Et se faisaient trouer la peau.

Ceux-là sont des martyrs, des soldats..., Christ les aime;
Ils sont deux fois les siens; le sang est un baptême,
  La suprême expiation.
Ils ont comme Jésus porté sur leur épaule
La brebis mutilée et la croix de la Gaule,
  Ils sont morts pour la nation.

Mais les autres! depuis le successeur de Pierre,
Qui se dit infaillible et qui n'est que poussière,
  Dont Loyola fait son pantin
Et qui lorsque la France à ses pieds agonise,
Raille ses bienfaiteurs et croit venger l'Eglise
  Avec un calembour latin.

Jusqu'au prélat musqué qui prêchait le carême
Au palais et lançait galamment l'anathème,
  Se faisait peindre en monsignor,
Afin qu'une duchesse amoureuse et béate,
Soupire à son amie, avec un air de chatte :
  « Il est plus beau peut-être encor! »

Mars 1871.

ALBION.

C'était jour du Seigneur : en la libre Angleterre,
Le dimanche est un jour de prêche et d'oraison ;
Comme c'étaient dimanche et la belle saison,
J'avais trop regardé dans le fond de mon verre.

Je revenais battant des entrechats joyeux
De Hampstead où l'on voit passer dans la clairière
A travers les ajoncs et les horizons bleus
Les héros de Schakspeare en leur démarche fière.

Hampstead, un nid charmant, de verdure et de fleurs,
D'où le regard s'étend sur la colline rose,
Ou l'on entend siffler les merles querelleurs,
Oiseau mythologique et rare à Primerose.

Mais où va mon esprit errer?... Il est notoire
Que j'étais un peu gris et que j'allais chantant,
Comme il convient d'ailleurs et surtout après boire ;
Quand la bourse est légère on a le cœur content.

Mais, surprise ! voici, qu'au détour d'une rue
Obscure, endroit malsain, trottoir fort cahoté,
Une petite fille est soudain accourue,
Pas plus haute que ça... comme le chat botté.

Et m'a dit : Gentleman, c'est aujourd'hui dimanche,
C'est le jour du Seigneur et vous chantez... — Parbleu?
Mais c'est dimanche ! — Après?... — Votre impudeur s'épanche.
— Est-ce que de chanter cela déplaît à Dieu?

L'enfant m'a regardé d'un œil froid et sévère
Comme on regarderait un homme sans raison.
Puis sans dire un seul mot, au parloir solitaire
Est retournée en hâte et grave en sa maison.

II.

Donc, joyeux fils de l'Angleterre,
Unitaristes, Wesleyens,

Anglicans et Pensylvaniens,
Sectateurs d'un covent austère,
Vous tous, patriotes pieux,
Façonnés aux us et pratiques ;
Vous qui commercez en tous lieux,
Honorant Dieu dans vos boutiques,

Soyez sans crainte à votre endroit ;
La France vous prie... eh ! qu'importe !
Fermez vos cœurs et votre porte ;
L'Allemand s'arrête au détroit.
Ensemble, en des jours plus prospères,
Nous conquîmes gloire et renom ;
Vous en souvient-il, Anglais?... — Non !
Ce n'étaient pas nous, mais nos pères.

Et puis, de quoi vous plaignez-vous,
Fils de l'impure Babylone ?
Quand vous serez a deux genoux,
Eh bien ! nous vous ferons l'aumône !
Nous vous enverrons des jambons,
Du Chester et des eucologes,
Amendez-vous, devenez bons
Et surtout comblez-nous d'éloges !

Février 1871.

A GEMZEE

BAG-PIPER

DES LACS DE KILLARNEY

(Irlande).

Quand tu parus, vieux barde, escorté de la bande
De tes fils, fleurs d'Erin, ornement de la lande,
Et que tu commenças à charmer par tes vers
Les maîtres indolents, orgueilleux et pervers,
Dont, poéte incompris, tu partageais la table ;
O misere ! et qu'assis tout au bout, vénérable
Et par ton art sublime et par tes cheveux blancs,
Tu mouillas ta chanson dans les larmes des ans,
Je crus voir apparaître en mon âme charmée,
Le fantôme béni de ton Irlande aimée !
Elle marchait, pieds nus, couverte de haillons,
Mais le regard noyé dans les divins sillons ;
Superbe, dangereuse aux vainqueurs et peu sûre,
Le corps en vingt endroits percé d'une blessure,
Dont le cours de la Boyne a retenu le sang,

Souvenir éternel qu'elle porte à son flanc!
Ainsi tu m'apparus, fils digne de ta mère,
Divin chanteur, vieillard aveugle comme Homère!
Débris encor vivant des jours qui ne sont plus!
Hélas! il faut cesser les regrets superflus,
Et désormais soumis aux rigueurs britanniques,
A guérir tes chagrins il faut que tu t'appliques;
Chante donc! Fais-nous boire à la coupe des ans!
Réveille pour un jour les ancêtres gisants
Et dis-nous par quels maux Cromwell inexorable,
A ton honneur vaincu fit un sort lamentable.
Chante! car la chanson, au cœur qui se souvient,
Est un baume puissant, elle attriste et soutient;
La chanson, c'est la fleur de la longue espérance
Des amours printaniers, des amours de la France,
Des jeunes cœurs épris d'air et de liberté!
De rêves blonds conduits sous les feux de l'été;
Mais c'est aussi le fruit de l'âme qui succombe.
Le fruit du souvenir que respecte la tombe
Et dont le parfum âcre à respirer souvent,
Endort notre chagrin d'un sommeil décevant.
Chante, pauvre poète, ô mon triste Gemzee,
Pareil en ta détresse à cet autre Ocheltree,
Dont l'Écosse écouta si longtemps les chansons
Et dont Scott en sa prose a redit les leçons.
Je noterai tes airs où l'Irlande s'explique

Avec l'amour d'un cœur presque patriotique !
Ne crois pas que je sois insensible à ton chant ;
Va, tu n'a pas affaire à l'étranger méchant
Et celui qu'un chagrin indomptable dévore
A pleuré bien des fois les pleurs de Thomas Moore.
Commence ; je t'écoute et noterai tes vers,
Jeunes comme l'amour, vieux comme l'univers.

« C'est d'abord l'antique patrie,
Erin la verte et la fleurie,
Le sûr abri des Milésiens,
Dont l'ajonc d'or couvre la plaine,
Où par les monts souffle l'haleine
Du vent venu des bords anciens.

Voici le Danois qui s'élance,
Avec le fer, avec la lance,
Il pousse les rois devant lui ;
Comme chaque flot bat la rive,
Chaque tribu barbare arrive ;
Le couteau saxon a lui.

Le Northman que le traître appelle,
Le Northman, au cœur infidèle,
Fond soudain, vautour irrité !
Il saisit dans sa forte serre,

Prés et châteaux, forêts et terre ;
C'est le maître, il a tout dompté !

Vite, en marche ! l'exil commence ;
Allons ! vieillard ! allons, enfance !
Allons ! la femme aux seins taris !
Ne songe plus aux jours prospères,
Emporte les os de tes pères,
Avec des sanglots et des cris !

Les saints ont replié leurs ailes,
A ton secours tu les appelles,
Mais le Dieu fort ne le veut pas.
N'accuse que la destinée !
Par les vaillants abandonnée
Goûte les horreurs du trépas.

C'est par la faim, dans le silence,
Que tout peuple vaincu s'élance
Vers des jours plus purs et meilleurs.
Sèche tes larmes, pauvre terre,
Repose-toi sur l'Angleterre,
Du soin de guérir tes douleurs.

En attendant l'heure promise,
Chante ! la chanson est permise,

La chanson c'est la liberté !
C'est le foyer, c'est la famille,
C'est le regard de Dieu qui brille,
Plein de douceur et de clarté.

Gemzee avait cessé que j'écoutais encore,
Chante toujours ainsi, poëte, je t'implore,
Tu verses à moitié la coupe de tes vers
Et j'y veux boire encor l'oubli des maux soufferts.

« Mes sept vaillants fils ont tiré l'épée
Pour la bonne cause et l'amour du roi !
De leur sang vermeil la plaine est trempée ;
Je veux à mon tour, mourir pour ma foi !

Qu'ils sont beaux ainsi, couchés côte à côte,
Les voilà tous sept, mûrs pour le cercueil.
Sépulcre blanchi, veux-tu, sois mon hôte ?
Que ma vieille dame en ait l'âme en deuil.

Déposez nos corps sous la même pierre ;
Une seule tombe et qu'on grave autour :

Morts, ils sont couchés dans la même bière ;
Vivants, ils n'avaient qu'un cœur, un amour !

Tais-toi, vieillard, tais-toi ! ton bag-pipe est bien sombre ;
C'est trop de sang versé, trop de larmes et d'ombre,
Dis-nous quelque autre chose un peu prise au hasard,
Comme la chasse au loup ou la chasse au renard.

    « Le renard plus prompt que la foudre,
    Sort du terrier. Le sable en poudre
    Vole sous ses pieds effarés.
    Hurrah ! la meute ! hurrah ! la bête !
    Tu cours en vain, la mort s'apprête,
    Les chiens de sang sont altérés !

    Et nous les fox-hunters rapides,
    Rabattons au bois, intrépides
    Master Fox réduit à mourir !
    La nuit vient et l'*at-home* engage
    A regagner notre cottage
    Où le jasmin vient de fleurir !

    Sous les rosiers de la tonnelle,
    De ses doigts blancs miss Arabelle

A préparé le the du soir.
Tandis que chante la fauvette,
Miss Alice, que l'amour guette,
Au forte-piano vient s'asseoir. »

Ainsi tu finissais, vieux chanteur et poëte,
Du bag-pipe déjà la chanson est muette
Et peut-être déjà dans ces beaux lieux, il n'est
Plus de chanteur connu des gens de Killarney;
Mais quand la mort sur toi, la mort où tu t'invites,
Jettera le manteau des blanches marguerites
Au fond du vieux Paris, si Paris vit encor,
Je parlerai de toi, vieillard à bouche d'or,
Et j'unirai ton nom dans mes chansons attiques,
Au nom trois fois béni des chantres bucoliques,
Dont le vers sait encor, quand tout est déserté,
Chanter l'antique honneur avec la liberté!

ITALIE.

Italie ! Italie ! aux jours de ta misere,
Quand l'aigle autrichien te tenait dans sa serre,
Quand tes fils condamnés au *carcere duro*
Gémissaient, qu'Andryane était un numéro
Du bagne et que foulée aux pieds lourds d'un barbare,
Tu râlais, implorant, dans ta détresse rare,
Quelque secours venu du ciel ou de l'enfer !
Qui t'a tendu la main ? qui s'est armé du fer ?
Qui ramassant le gant pour la pauvre opprimée,
A dit à l'oppresseur : Mais, c'est ma sœur aimée !
Tournez plutôt, tournez votre bras contre moi,
Barbares ! Pouvez-vous regarder sans émoi,
L'aïeule en cheveux blancs, face auguste et sereine,
Qui nous a tous nourris et qui fut notre reine !

C'est elle dont les flancs ont porté l'univers,
Et vous le savez bien et vous êtes pervers...

Plus tard, quand il fallut combattre pour ta cause,
Qui donc s'est avancé sans retard et sans clause?
Les champs du Milanais ont vu tomber nos morts :
— Ils sont payés, dis-tu, par la Savoie...

                                 Oh! dors
Ton sommeil éternel, soldat, dont la blessure
De cette ingratitude a payé la morsure!
Et toi, Cavour, et toi, dont le cœur fut si grand,
Tu fis bien de mourir étant si différent ;
Car peut-être aurais-tu, fin parmi les habiles,
Plié devant Bismarck tes épaules serviles
Et peut-être aurais-tu, selon l'heure et le lieu,
Renié ton serment, ta patrie et ton Dieu!

Le sort en est jeté. Malheureuse Italie,
Épouse l'Allemand, si c'est la ta folie!
Dans la corbeille il met, avec le Saint-Gothard,
Sa sotte vanité de reître et de soudard.
Mais il est en amour exigeant et féroce :
Un jour, il te fera payer les frais de noce
Et tu regretteras trop tard tes vieux amis,
Vaniteux quelquefois et souvent compromis,
Mais issus comme toi d'une plus noble race

                                            9

Que ces lourdauds venus de Scythie ou de Thrace
Et qui n'entendent rien, car ils sont faits ainsi,
A la langue sacrée où résonne le *si*.

Décembre 1871.

GUERRE DE CRIMÉE

1856

SINOPE.

I

L'aurore se levait dans une aube malade.
Sinope balançait dans un pli de sa rade,
Treize vaisseaux, l'orgueil du pays, son espoir,
Treize vaisseaux portant ses meilleurs capitaines
Et ses meilleurs soldats, aux garnisons lointaines
      Qui ne devaient jamais les voir.

La ville se hissait de colline en colline
Jusqu'au dernier plateau d'où le regard domine
      La mer et ses grands horizons !
Frileuse, toute blanche et d'étage en étage
Elle voit à ses pieds l'étonnant assemblage
      Des minarets et des maisons.

9.

Le muezzin chantait d'une voix haute et claire :
Gloire à Dieu tout-puissant, au ciel et sur la terre,
        A son prophète Mohammed !
Soudain les yeux tournés vers la Mecque et Médine,
Une ombre qui hantait la terrasse voisine,
        S'agenouillait à son sommet.

Tandis que la cité, comme une ruche humaine,
De chansons et de cris bourdonne toute pleine,
        Que chacun court à son devoir,
La flottille à l'abri, près de la forteresse,
Remparts démantelés que la vague caresse,
        Songe à s'éloigner dès le soir.

Les soldats sont contents ; la route est assurée ;
Ils vont combattre enfin pour la cause sacrée !
        Pour le pays et pour leur foi !
Vainqueurs, il briseront le joug des moscovites
Et rendront maux pour maux à ces races maudites
        Qui voulaient imposer leur loi !

Peut-être enfin un jour, comme autrefois leurs pères,
Au temps d'Amurath deux, au temps des janissaires,
        Écrasés par Sultan Mahmoud,

Arrêtant à toujours leur marche rétrograde,
Ils porteront leur camp sous les murs de Belgrade,
    Et, poussant leurs destins à bout,

Feront trembler l'Europe au choc de leurs armées !
Par ces pensers hautains leurs âmes enflammées
    Ne songent pas même à la mort.
Qu'importe au vrai croyant : mourir, vivre, c'est même,
C'est l'éternel repos près des houris qu'on aime ;
    Mourir, c'est entrer dans le port !

Osman préoccupé, seul est morose et sombre ;
Le doute s'est glissé comme un voleur dans l'ombre,
    Au cœur du capitan-pacha.
Le destin de la flotte incombe à sa prudence ;
Il craint tout de la mer, il craint la vigilance
    De l'ennemi qui le chercha.

Il sait que le mensonge est le recours du traître,
Il a dans vingt combats appris a le connaître ;
    Il sait que malgré son serment,
Malgré la foi jurée aux puissances d'Europe,
Le tzar comme un bandit de ruses s'enveloppe
    Pour les trahir plus sûrement !

Il sait... Mais que sait-il?... Telle est la destinée!
L'homme repousse en vain d'une âme mutinée
     Le sort que lui gardait Allah!
Le croyant tombe, il meurt, sans que rien le fâche,
Il songe seulement, à bien remplir la tâche
     Où le Seigneur Dieu l'appela!

Tels étaient les pensers d'Osman, le capitaine,
Il interroge en vain le ciel; la mer est pleine
     De brouillard et d'obscurité.
Mais le soleil déjà brille; le jour s'élève,
Et la brume des flots tombera comme un rêve
     Qui cède a la réalité!

II

    Quels sont ces forbans dans le port?
    Ils sont six vaisseaux de haut bord,
    Sans compter les bricks et frégates;
    Voleurs de nuit, ils ont fondu,
    Sur un convoi mal défendu
    Par d'inutiles casemates.

Sur leur drapeau mi-jaune et noir,
Le regard peut apercevoir
La double aigle de la Russie;
Ces deux vautours écartelés
Comme deux forçats accouplés,
Que le même crime associe !

Allons, mes capitans pachas,
Allons, artilleurs et soldats,
Allons, gabiers, allons, mes braves,
Ouvrez le feu de vos canons!
Et s'il nous faut mourir, mourons
En soldats, non pas en esclaves !

Hassein, Kadry-bey, Sman-Oglou,
Mes fiers compagnons, jusqu'au cou,
Baignons-nous dans le sang des nôtres,
Plutôt que de céder, plutôt
Que d'amener notre drapeau
Souillé par le drapeau des autres !

Clouez les pavillons aux mâts !
Coulez les barques, mes calfats,
Faites sauter les poudrières !
Et donnons au monde étonné,

L'horreur d'un combat terminé
Par quatre mille morts guerrières!

III

Deux heures, le canon tonna!
Deux heures d'un carnage affreux, de funérailles;
Victoire sans honneur que la fraude donna,
　　Qui demande des représailles;
Où le Croissant vaincu, mais non pas affaibli
　　A brillé d'un éclat sinistre,
Effaçant des chrétiens le symbole avili,
　　Dont Nicolas se dit ministre!

Qu'il est beau, qu'il est grand de triompher ainsi!
　　De cribler d'obus et de bombes,
Consulats, hôpitaux — une ville à merci!
　　Berceaux dont on a fait des tombes!
De foudroyer à l'ancre un bâtiment anglais,
　　Malgré ses signaux de détresse,
Sauf à se disculper, sauf à répondre après:
　　Ce fut erreur et maladresse.

Gloire a toi, magnanime et vaillant Nakhimoff,
    Qui pour mieux assurer ta feinte,
A dans la nuit, rejoint le bouillant Korniloff,
    Autre héros de guerre sainte !
Vous triomphez tous deux, tous deux en vérité,
    Vous pouvez dire à votre maître :
« Par vos vaillants soldats, vos ordres, Majesté,
    Sont accomplis ! » Honneur au traître !

IV

Le capitan Osman-Pacha,
L'avez-vous vu dans la mêlée?
Il commandait le *Damiah :*
— Hélas ! sa frégate est coulee.
Les os rompus, des mains, des dents,
Il se tient encore au bordage,
Et de sa voix il encourage
Le vaillant Edhim et ses gens !

Mais quel bruit sourd s'est fait entendre?
Le canon ne le couvre pas ;

C'est Ali, pour ne pas se rendre,
Qui se brûle avec son trois-mâts !
Épouvanté d'un tel carnage,
Le Russe a peur d'un abordage,
Il s'éloigne a temps ; aussitôt,
L'onde mugit, le ciel s'efface,
Le *Nizamié,* dans l'espace
Saute, et de sang rougit le flot !

V

Adieu, vaillants vaisseaux de la Porte-Ottomane,
          Orgueil des mers de Marmara
Kaydé-Zafaï, qui semblait la Sultane,
          Varik, Érégli, Jezellah !
Vous ne reverrez plus les vagues du Bosphore,
          Qui vous ont bercés tant de fois ;
Et les blancs minarets que l'Osmanlis honore
Et d'où le muezzin élève encor la voix !

Maintenant, c'est fini... vos canons, vos carènes,
          Vos ponts, vos mâts carbonisés,

Cadavres de la mer par le fer dépecés,
    Couvrent la plage de gangrènes.
Le port est obstrué par vos noirs étançons,
    Mais votre nom vit dans l'histoire ;
Un jour il fleurira dans les mille chansons,
Qui de vos commandants raconteront la gloire !

Toi, généreux pays, profané par le tzar,
    Toi, que j'aime sans te connaître,
    N'appelle pas destin, hasard,
Le malheur qui te frappe, et sans le méconnaître,
Accepte la défaite ainsi qu'un châtiment !
Souviens-toi, souviens-toi, de Chio seulement.
    Rappelle-toi les Psariotes
    Et le sublime dévoûment
    Des trois cents femmes patriotes !

V I

Toute guerre inhumaine est une injure à Dieu ;
Le sang versé sans but sur nos têtes retombe.
Celui qui par plaisir, fait choir un seul cheveu,
Pour un jour ou pour l'autre aura creusé sa tombe ;

Le troupeau des humains n'est point un vil bétail
    Que l'on peut égorger sans crainte.
Aux pasteurs couronnés, aux rois sourds à la plainte,
    Dieu ne le donna point à bail !

Tremble donc sur ton trône, assis en ta démence,
O tzar sombre et fatal comme le dieu d'hiver,
Comme lui, ceint de peur, de glace et d'insolence,
Fantôme de demain et colosse d'hier !
Les cris des malheureux, n'ont pas d'un cœur de roche
    Frappé les échos attendris.
Prières et conseils, que t'importe !... Tu ris,
Tu pleureras bientôt... Le châtiment approche !

De l'ordre de Saint-George et de Saint-Wladimir
    Orne des poitrines d'esclaves.
Vers ces enfers humains, dont le nom fait frémir,
    . Déporte des milliers de braves !
Invoque, si tu veux, le seigneur des combats,
    Pour des hauts faits comme Sinope,
Mais déjà contre toi, le courroux de l'Europe
Grandit. Pour cette fois, tu n'échapperas pas !

ROMANCERO.

I.

Roncevaux! Roncevaux!... Lorsque le preux Roland
Vit tous ses compagnons couchés dans leur vengeance,
Il prit à ses côtés le cor, triste allégeance,
Pour en tirer un son mélancolique et lent.

Par delà les grands monts, vaincu dans sa fiance,
Charle entendit la voix de son neveu dolent :
Il a saisi le cor fatal à cette engeance
A rendu son pour son au cri de l'appelant.

Ta voix sonne la charge aussi dans la bataille,
O poëte, ô soldat, dont l'armure a la taille
Des chevaliers qu'on voit sculptés sur leurs tombeaux ;

Mais il est mort, crois-moi, l'honneur qui s'abandonne
Tous les preux sont couchés aux champs de Roncevaux
Et le cor enchanté n'a réveillé personne.

II.

Oui, l'honneur est vaincu ! le Cid Campéador
Repose côte a côte auprès de sa Chimène ;
Le courage a cédé, l'égoïsme nous mène,
Et l'amour enchaîné se lamente et s'endort !

Siècle dur aux grands cœurs ! Quand la peste inhumaine
Dans Valence abattait ceux qui luttent encor,
On dit qu'un Sarrasin, dont l'armure était d'or,
Vint demander l'*aman* et la croix plus certaine.

Il chancelle, on l'accueille ; il s'assoit au festin :
La coupe du pardon circulait à la ronde,
Et chacun y puisait au fond la peste immonde.

Lorsque le clair soleil apparut le matin,
Il recula d'horreur... O Sarrasin infâme !
Ton souffle empoisonné vit encor dans notre âme !

III.

Rassure-toi, mon cœur! Le temps est arrivé,
Nous touchons au triomphe et Roland ressuscite !
Ganelon éperdu fuit... Charle nous incite
A rompre le destin où l'honneur est rivé.

Par delà l'Océan qui gronde comme un Scythe
Et qui voudrait garder son captif avivé,
Le roi fidèle, Arthur, par Merlin captivé,
Se lève et dit : Marchons, marchons, l'honneur m'excite.

Autour de Kiffhauser entendez-vous ces cris?
Réveillez-vous, corbeaux effrayants et surpris!
Voici les compagnons du vieux roi Barberousse.

Donnez-moi mon épée et sortez mon pennon;
J'ai bien assez longtemps dormi... L'honneur me pousse
Et ce n'est pas en vain qu'on invoque mon nom!

TABLE

PARIS. — J. CLAYE, IMPRIMEUR. — [481]

LIBRAIRIE D'ALPHONSE LEMERRE, ÉDITEUR

47, PASSAGE CHOISEUL, A PARIS

POËTES CONTEMPORAINS

Collection format in-18 jésus a 3 fr. le volume

PARIS. — J. CLAYE, IMPRIMEUR, 7, RUE SAINT BENOIT. — [481]

www.ingramcontent.com/pod-product-compliance
Lightning Source LLC
Chambersburg PA
CBHW060823250626
47162CB00005B/1914